Rigoberto
y los lobos

MONTAÑA
ENCANTADA

Ricardo **C**hávez **C**astañeda

Ilustrado por Javier Olivares

Rigoberto
y los lobos

EVEREST

© del texto, Ricardo Chávez Castañeda
© de la ilustración, Javier Olivares
© EDITORIAL EVEREST, S. A.
Carretera León-La Coruña, km 5-LEÓN
ISBN: 84-241-8713-X
Depósito legal: LE. 826-2006
Printed in Spain -Impreso en España
EDITORIAL EVERGRÁFICAS, S. L.
Carretera León-La Coruña, km 5
LEÓN (España)
Atención al cliente: 902 123 400
www.everest.es

Cuando Rigoberto abrió la puerta de su casa, se encontró con algo que nunca antes había visto allí adentro: una oscuridad completa.

Se quedó inmóvil. Era como si la noche entera se hubiera arrastrado hasta allí y se hubiera metido a cuatro patas por una ventana; igual que si toda su casa se hubiera caído al fondo de un pozo.

"¡No puedo entrar si ni siquiera veo el suelo!", pensó aterrado Rigoberto. Y como él no se atrevía a dar un solo paso, entonces esta historia también se quedó allí parada, sin poder avanzar mas allá del principio.

Fue así que tuvimos que volver a empezar el cuento, pero recordándole a Rigoberto que además de sus ojos tenía orejas, y que su orejas podían ayudarle.

Así que…

Cuando Rigoberto abrió la puerta de su casa sucedió algo que nunca antes había pasado: ¡adentro estaba completamente a oscuras!

Al principio se quedó inmóvil porque era como si el color negro de todos los agujeros del mundo se hubiera derramado allí donde él vivía, pero entonces Rigoberto

se acordó de que además de sus ojos tenía orejas y escuchó.

Descubrió que adentro de la oscuridad no había luz, pero sí sonidos.

—Crich. Crich —sonaba suavemente igual que si su casa se hubiera llenado de hojas secas y alguien con pies pequeños las estuviera pisando.

Rigoberto dio un paso hacia dentro y luego otro, porque los sonidos parecían estar formando una alfombra que se extendía ante sus pies y lo guiaba hacia el interior.

—¡¡Achú!! —se escuchó entonces en la oscuridad y fue como si la alfombra de ruido de pronto se hubiera rasgado.

"¿Un lobo?", pensó asustado Rigoberto, porque en lugar de "¡achú!", oyó "¡auu!".

—Sssshhhh.

—Ssssssshhhhh.

—Sssssssssshhhhhhhh —sonó inmediatamente después dentro de la penumbra, y luego, nada, el sonido también se apagó. Las tinieblas se habían duplicado porque a la oscuridad de la luz se había sumado esa nueva oscuridad, ¡la del sonido! De modo que Rigoberto, sin saber en dónde poner los pies, se detuvo de nuevo, y entonces esta historia otra vez se quedó parada, sin poder avanzar más.

Así las cosas tuvimos que empezar de nuevo el cuento, pero ahora recordándole a Rigoberto que, además de sus ojos y sus orejas, él podía sentir, y que entonces la piel de su cuerpo habría de ayudarle.

Así que…

Cuando Rigoberto empujó la puerta de su casa se sorprendió de lo que vio allí dentro: ¡una oscuridad absoluta!

Al principio se quedó estático, porque era como si la boca tenebrosa de un lobo tenebroso se hubiera metido en su casa y lo estuviera esperando, pero entonces Rigoberto recordó que, además de sus ojos y sus orejas, él tenía piel, así que sintió.

Descubrió que dentro de la oscuridad no había luz ni sonido pero sí algo que se le iba posando en la piel, como si todo su cuerpo fuera un árbol y cientos de pájaros minúsculos estuvieran buscando ramas a fin de descansar. Lo primero que sintió fue un calor suave como el que sale de muchas bocas juntas, algo parecido a tibias bufandas que se le enroscaban en los brazos, en las piernas y alrededor del cuello, e iban jalándolo hacia el interior oscuro de la casa.

Rigoberto se dejó llevar, pero extendió los brazos frente a sí porque no quería golpearse

con el piano de su mamá. Y fue cuando su mano chocó contra algo redondo y peludo que no

podía ser el piano y sí, quizá, la boca del lobo que se había imaginado. Se asustó tanto que retiró la mano, y aunque segundos después la extendió de nuevo, ya no encontró nada allí enfrente. Así que se detuvo en el centro mismo de las tinieblas sintiendo que los pelos de su cabeza se levantaban igual que chorros de agua en una fuente. La verdad es que Rigoberto estaba a punto de darse la vuelta y echar a correr por donde vino, con lo cual esta historia también hubiera regresado despavorida hasta el primer renglón, allí al mero principio, si no es porque decidimos que lo mejor era comenzar de nuevo el cuento, no sin recordarle a Rigoberto que además de sus ojos, sus orejas y su piel, tenía una nariz y que su nariz podía ayudarle.

De modo que, por cuarta vez…

Cuando Rigoberto abrió la puerta de su casa se sorprendió como nunca antes: ¡adentro estaba más oscuro que todas las cuevas y todas las madrigueras del mundo juntas!

En un inicio Rigoberto se quedó igual que una estatua, sin saber hacia dónde caminar, porque no veía nada, nada escuchaba ni nada sentía, pero entonces se acordó de que además de sus

ojos y sus orejas y su piel, tenía una nariz, así que olió.

—Snif, sniiiiif, ssssssssssnnnn-nnnniiiiiiiiiiiffffffffffffffffff...

A la nariz de Rigoberto le pareció que dentro de las tinieblas había algo tan brillante y tan ruidoso como decenas de fuegos pirotécnicos. Eran los olores, un tempestuoso mar de

aromas. Lo primero que olfateó fue el jabón que usaba su hermano y luego el agua de colonia de su padre y el fragante perfume de su mamá, pero también captó un olor a ropa recién estrenada y el olor de zapatos recién lustrados y el olor a menta de unos dientes recién cepillados. De entre todos esos olores, sin embargo, hubo uno que lo puso a temblar. Era como la exhalación que desprenden muchos cuerpos juntos, algo así como un nudo de alientos, como si en lugar de un lobo fueran muchos los lobos que lo estaban esperando en las tinieblas, todos perfumados, todos con ropa nueva y zapatos brillantes y con las dentaduras bien limpias. Rigoberto tragó saliva y se detuvo, con lo cual esta historia también tragó saliva y también se quedó inmóvil sin poder avanzar más, porque si algo le aterraba era ser comido por un lobo. Así que lo mejor fue comenzar de nuevo el cuento siempre y cuando Rigoberto se acordara de que, además de sus ojos y sus orejas y su piel y su nariz, él tenía una boca y que su boca podía ayudarle.

Fue así que por quinta y última vez…

Cuando Rigoberto empujó la puerta de su casa, se encontró con algo que nunca antes se había atrevido siquiera a imaginar: ¡una oscuridad tan cerrada como todas las noches del universo juntas!

Al principio Rigoberto no dio un paso atrás ni un paso adelante, porque era como si de golpe se hubiera quedado ciego. Ciego de los ojos porque nada veía, pero también ciego de los oídos porque nada escuchaba, pero también ciego de la piel porque nada sentía, pero también ciego de la nariz porque ningún aroma podía oler allí adentro. De lo único que Rigoberto no se había quedado ciego fue de la imaginación, pues bien pronto comenzó a imaginarse que su casa estaba llena de lobos, lobos sobre el piano y bajo la mesa, lobos en las paredes y trepados en el techo, lobos bajo sus pies como si fueran alfombras cada vez que Rigoberto daba un paso. Sí, un paso tras otro, porque Rigoberto estaba caminando dentro del corazón de las tinieblas guiado no por una luz ni por un sonido, no por una sensación en

la piel ni por un olor prendido a su nariz como un anzuelo, sino por su boca. Y es que Rigoberto había recordado que, además de sus ojos, sus oídos, su piel y su nariz, también tenía boca, así que la abrió. La verdad es que su boca estaba tan seca por el miedo, que cuando quiso decir "ya llegué, mamá", o decir "papá, aquí estoy", no le salió ni un hilito de voz. Sin embargo, cada vez que Rigoberto daba un paso, su boca se iba humedeciendo, se le iba llenando con una saliva dulce dulce, hasta que de pronto su boca chocó con algo esponjoso y pegajoso, y entonces

Rigoberto creyó que él mismo se había convertido en lobo, porque en lugar de gritar y salir corriendo de la casa, con lo cual esta historia también hubiera gritado y también habría escapado despavorida de la casa, lo que hizo Rigoberto fue morder.

¡Fue entonces cuando la luz volvió a la casa! Y bueno, Rigoberto recordó que tenía ojos, y los ojos de Rigoberto vieron los globos y las serpentinas. Pero también recordó que tenía orejas, y las orejas de Rigoberto escucharon el grito de "¡sorpre-

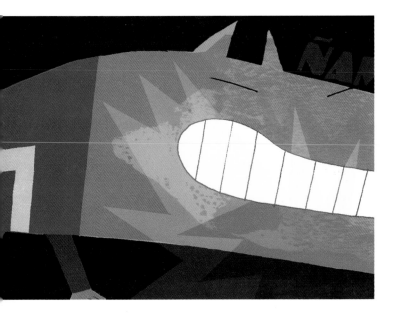

sa!". Pero también recordó que tenía nariz, y la nariz de Rigoberto captó el olor de las ocho velas que alguien encendió en el pastel.

Pero también recordó que tenía
boca… o más bien le recordaron
que tenía boca, porque alguien
gritó: "¡El pastel! ¿Qué le pasó

al pastel?". Eso preguntaron la mamá y el papá de Rigoberto; preguntaron su hermano y los tíos y las primas; preguntaron los abuelos, las amigas y todos los que habían sido invitados a la fiesta sorpresa de Rigoberto. "¡¿Qué le pasó al pastel?!"

Y la boca de Rigoberto sonrió avergonzada, porque parecía como si el pastel hubiera sido mordido por un gran lobo, y fue cuando todos vieron que los dientes de Rigoberto estaban tan negros como si se hubieran caído a un pozo de chocolate. De modo que todos en la fiesta comenzaron a reír, y con ellos

también empezó a reír esta historia porque al fin de cuentas y después de tantas interrupciones había encontrado la manera de llegar al final.

Fin… para los ojos

Fin… para los oídos.

Fin… para la piel

Fin… para la nariz.

Fin… para la boca.

¿Y los lobos?… En fin, que al parecer nadie los invitó a la fiesta.